COURS DE LITTÉRATURE ÉTRANGÈRE

FAIT A LA FACULTÉ DES LETTRES D'AIX

—

LEÇON D'OUVERTURE

LA
LITTÉRATURE ALLEMANDE

AU XVIIIme SIÈCLE

DANS SES RAPPORTS

AVEC LA LITTÉRATURE FRANÇAISE

ET AVEC LA LITTÉRATURE ANGLAISE

PAR

CHARLES JORET

———

AIX	PARIS
LIBRAIRIE A. MAKAIRE	**LIBRAIRIE A. FRANCK**
2, rue Pont-Moreau, 2	67, rue Richelieu, 67

1876

Messieurs ,

Je n'ai point hésité un instant, depuis le jour où j'ai eu l'honneur d'être appelé à suppléer dans cette chaire un professeur auquel il était plus facile de succéder qu'il ne l'est de le remplacer, sur le choix du sujet que je devais traiter devant vous ; et, entre les diverses littératures dont l'étude fait l'objet de mon enseignement, il m'a semblé qu'il y en avait une, encore trop ignorée ou méconnue en France, dont il convenait avant tout de vous entretenir. Cette littérature que des événements récents imposent aujourd'hui, comme la civilisation puissante dont elle est l'expression, à nos méditations, c'est, ai-je besoin de le dire ? la littérature allemande. Toutefois, je ne me propose point d'en retracer l'histoire entière devant vous, et je me bornerai pour le moment à refaire le tableau de l'époque féconde où, après un long et pénible enfantement, elle prend, au siècle dernier, place à son tour parmi les littératures de l'Europe moderne et les surpasse toutes un instant par le nombre et la valeur des chefs-d'œuvre qu'elle a produits ou des écrivains qui l'ont illustrée : grandeur littéraire qui eût dû faire prévoir la grandeur politique de l'Allemagne, qui l'annonçait du moins, comme elle l'a préparée.

On peut être surpris qu'une nation qui, presque dans tous les temps, a joué sur la scène du monde un rôle aussi important, soit arrivée si tard à son apogée littéraire ; ce fait singulier en apparence s'explique pourtant sans peine par le développement historique et intellectuel de l'Allemagne. Après avoir, à la fin du douzième et au treizième siècle, brillé d'un vif éclat, la littérature allemande était tombée dans une décadence profonde, image de la décadence plus profonde encore de l'empire germanique ; la poésie des *Maîtres Chanteurs*, si on peut donner le nom de poésie à leurs œuvres, ne rappelle que de bien loin celle des *Minnesænger*, ces trouvères de l'Allemagne au moyen âge ; mais bientôt même cette poésie déchue disparut, et si l'on veut trouver quels furent à cette époque les représentants de la littérature allemande, il faut les chercher parmi quelques auteurs de poëmes didactiques ou plutôt parmi les mystiques, ces désespérés du monde, qui, au milieu d'une société qui semblait près de finir, n'aspiraient qu'au repos de la patrie céleste. Le seizième siècle ne vint point changer cet état d'affaissement, et la Renaissance qui, chez presque tous les peuples de l'Europe occidentale, inaugure une ère littéraire nouvelle, fut impuissante à relever la poésie allemande de son abaissement. On vit alors, il est vrai, en Allemagne comme chez nous, fleurir quelque temps la satire, ce genre privilégié des époques de décadence ou de transition, et Johann Fischart entre autres fait penser à notre Rabelais, qu'il imita ; mais bientôt le silence succéda aux rares voix qui s'étaient encore fait entendre. Epuisée par le grand effort de la réforme, brisée dans son unité politique et religieuse, l'Allemagne sembla avoir perdu, avec son esprit national, les derniers restes de son génie littéraire, et pendant un siècle et demi elle se fera la copiste servile de l'étranger.

L'influence qu'elle subit tout d'abord fut l'influence latine ; non-seulement depuis le milieu du seizième siècle le latin devint en Allemagne, comme plus ou moins d'ailleurs dans les autres pays, la langue des savants, mais il s'y forma bientôt une école de poëtes, qui, dédaignant leur idiome national, ambitionnèrent le stérile honneur d'écrire dans celui d'Horace et de Virgile. Puis vint l'influence de l'Italie et de l'Espagne, qui devait à son tour faire place à l'influence bien autrement puissante de la France. Nos victoires pendant la dernière période de la guerre de Trente Ans, les succès qui marquèrent la première moitié du règne de Louis xiv, en assurant en Europe notre suprématie politique, y fondèrent également notre suprématie intellectuelle. Un événement dont les conséquences devaient peser d'une manière si funeste sur les destinées de notre patrie, puisqu'il a préparé la grandeur de l'Etat, qui, deux siècles plus tard, nous fera déchoir du premier rang, la révocation de l'édit de Nantes, vint encore accroître cette toute-puissance de notre civilisation. Si dans les pays, en effet, où une politique aussi inique qu'imprévoyante les força de chercher un asile, les réfugiés portèrent avec eux les ressentiments que devait leur inspirer la plus odieuse atteinte à la liberté religieuse, ils y portèrent aussi leur industrie, leur langue, notre littérature, et ils contribuèrent ainsi, suivant l'expression de Herder, à fonder un empire français tout intellectuel, dont les limites s'étendirent bien au-delà des contrées où le grand roi eût jamais montré ses armes.

L'Allemagne fut une province de cet empire, et nulle nation n'en reçut plus docilement les lois. Désormais et pour près d'un siècle notre civilisation règnera sans partage de l'autre côté du Rhin. Leibnitz, qui lui-même n'écrivit guère qu'en français ou en latin, déplorait que les jeunes nobles de son temps méprisassent les coutumes et l'idiome de leur pays pour suivre nos modes et ne parler que notre langue. Tous les écrits de l'époque sont remplis des mêmes plaintes. « Il ne faut pas s'étonner, dit Logau, si les agneaux peuvent se changer en loups, puisque les Allemands se font Français. » L'épigramme est plaisante et le rapprochement des agneaux et des Allemands surtout me paraît joli. Mais ces récriminations, ces objurgations adressées par quelques écrivains à leurs compatriotes furent impuissantes à arrêter le flot montant de notre civilisation. Un demi-siècle plus tard et bien que la réaction eût commencé de l'autre côté du Rhin contre l'influence étrangère, les choses n'avaient guère changé. « Je me trouve ici en France, écrivait Voltaire de Postdam en 1750, on ne parle que notre langue ; l'allemand est uniquement pour les soldats et les chevaux, on n'en a besoin qu'en voyage. Je trouve des gens qui ont été élevés à Kœnigsberg et qui savent mes vers par cœur. » Ce n'était là que la constatation sous une forme humoristique d'un fait incontestable, la prédominance de notre langue en Allemagne. Les classes aristocratique surtout, dont l'éducation était toute française, dédaignaient ou même ignoraient leur propre idiome pour se servir du nôtre, et nombre d'Allemands, — Frédéric II en est un exemple célèbre, — se piquaient de ne connaître et de ne lire que nos écrivains. Mais non-seulement le français fut de l'autre côté du Rhin la langue habituelle et privilégiée de quiconque avait reçu une éducation libérale, il pénétra peu à peu l'idiome national, et l'on put croire un instant que ce qui au moyen âge était arrivé à l'anglo-saxon se reproduirait au dix-septième siècle pour l'allemand, et que cette langue tout imprégnée de français, ne serait bientôt plus, comme l'anglais, qu'un dialecte germanique mélangé de roman.

Il était inévitable, en présence de cette prédominance de la langue française, que la littérature d'outre-Rhin ne prît point pour règle et pour inspiratrice notre propre littérature. C'est ce qui eut lieu en effet. Il est vrai, quand au commencement du dix-septième siècle les poëtes de l'école silésienne essayèrent de restaurer la littérature allemande, ce fut en Italie et en Espagne qu'ils allèrent d'abord chercher des modèles ; mais bientôt ils y joignirent nos écrivains. Le Tasse et Ronsard, ainsi que son adversaire Malherbe, plus tard le chevalier Marin et Gongora furent traduits ou imités ; l'Astrée ne fut guère moins populaire audelà qu'en deçà du Rhin, et Mlle Scudéry, aussi bien que la Calprenède, trouvèrent en Allemagne des rivaux et des émules. Mais les écrivains stérilement féconds qui se formèrent à leur exemple ne devaient pas tarder, comme leurs modèles de France, à se voir attaqués. On sait comment vers le milieu du siècle prit naissance chez nous l'école classique française, dont Boileau fut le législateur ; victorieuse bientôt de toute opposition, elle passa à son tour en Allemagne et y trouva des disciples plus fervents, il est vrai, qu'originaux, mais qui devaient supplanter les poëtes silésiens.

Cependant à l'influence française ne devait pas tarder à s'en joindre une autre. L'école classique avait pénétré auss en Angleterre, à la suite des Stuarts rétablis, et elle avait puissamment contribué à faire oublier Shakspeare et les grands tragiques du seizième siècle, délaissés ou proscrits pendant la guerre civile ; Dryden, l'adversaire de notre théâtre, s'en inspira toutefois et fut le chef d'une école poétique nouvelle, dont Pope fut, comme Boileau l'avait été en France, le législateur en titre. C'est l'école classique anglaise : elle allait à son tour faire sentir son influence sur la littérature d'outre-Rhin. C'est d'elle, en effet, que relèvent les premiers poëtes allemands que nous rencontrons au début du dix-huitième siècle : Brockes, l'auteur d'un poëme moral sur *Les plaisirs terrestres en Dieu*, et le chantre des Alpes, Haller, tous deux imitateurs de Pope et de Thomson. Au contraire, si Hagedorn s'inspire aussi du premier de ces écrivains, il imite en même temps Boileau aussi bien qu'Horace ; il a donc à la fois subi l'influence de l'école française et de l'école anglaise.

Cette double influence de l'Angleterre et de la France, nous la retrouverons partout désormais jusqu'à l'époque du complet affranchissement de la littérature allemande ; mais après avoir agi dans le même sens, les deux écoles ne devaient pas tarder à se contrarier. Le premier acte de cette opposition est la querelle célèbre dans l'histoire littéraire de l'Allemagne de Gottsched et des suisses Bodmer et Breitinger, querelle stérile sans doute, mais qui servit pourtant à mieux faire comprendre l'objet et le but de la poésie, et qui, grâce à l'appel adressé par les deux partis à l'opinion publique, contribua indirectement au réveil littéraire de l'Allemagne. Le moment de la renaissance approchait ; de toutes parts aussi on voit surgir de jeunes talents qui annoncent au moins l'aurore d'un jour meilleur. Ce sont d'abord les poëtes de la *Revue de Brème*, disciples affranchis de

Gottsched, sans être devenus les servants de Bodmer, esprits honnêtes et modérés et qui se sont fait un nom dans les genres secondaires qu'ils cultivèrent : Zachariæ, l'auteur d'épopées héroï-comiques, où l'on retrouve le souvenir et l'imitation de Pope et de Boileau ; Rabener, qui écrivit des satires bourgeoises goûtées des contemporains ; le fabuliste Gellert enfin, le plus raisonnable des *savants* allemands, comme l'appelait Frédéric II, moraliste aimable et tolérant, et qui fut, au siècle dernier, le premier poëte d'outre-Rhin populaire dans sa patrie et connu à l'étranger. Presque en même temps se fondait l'école anacréontique, dont le chef Gleim, plus encore par le soin qu'il prit de s'attacher et d'encourager les talents naissants, que par la valeur de ses écrits, exerça, pendant un tiers de siècle, sur la littérature nationale une influence incontestable.

Une chose cependant manquait à tous ces écrivains, une inspiration puissante qui leur permit d'aborder les grands sujets; c'était le reproche qu'un critique du temps leur adressait ; un jeune poëte inconnu se chargea de relever le défi. En 1748, cette date fait époque dans l'histoire des lettres allemandes, parurent les trois premiers chants d'un poëme destiné à célébrer le Messie ; ils furent accueillis avec enthousiasme ; on ne se demanda pas si une épopée était possible en plein dix-huitième siècle, ni ce que pourrait devenir un poëme dont les derniers chants ne parurent que vingt-cinq ans plus tard ; on voulut n'y voir que le début grandiose d'une œuvre destinée à être pour l'Allemagne et plus encore peut-être ce que le *Paradis perdu*, dont elle était inspirée, avait été pour l'Angleterre. L'idéal, dit Gœthe, s'était réfugié du monde dans la religion ; c'était-là que Klopstock, ainsi s'appelait le nouveau poëte, était allé le chercher. Le succès montra qu'il ne s'était point trompé, et le jeune écrivain se trouva tout d'abord le représentant du parti religieux en Allemagne, le chef de l'opposition contre la libre pensée qui menaçait, comme en Angleterre et en France, de pénétrer dans la littérature. Quelques croyants plus sévères sans doute trouvèrent à blâmer dans la conception du poëme, mais leurs critiques passèrent inaperçues au milieu de l'admiration générale, tant la puissance de conviction qui animait l'œuvre de Klopstock avait conquis tous les cœurs et gagné la nation tout entière !

Mais nulle part l'apparition de la Messiade ne causa un enthousiasme aussi grand qu'à Zurich ; Bodmer, qui y trouvait la confirmation de ses théories, s'empressa d'annoncer en Allemagne et à l'étranger le nouveau poëme ; mais ce ne fut pas assez pour lui, et il n'eut point de repos qu'il n'eût attiré en Suisse le jeune écrivain. Toutefois la réunion du poëte et du critique fut de courte durée, et bientôt Klopstock, appelé à la cour du roi de Danemarck, quittait sa patrie ; il ne devait y rentrer pour toujours que vingt ans plus tard. Peu après son arrivée à Copenhague il publiait ses premières odes ; elles ne furent pas accueillies avec moins d'admiration que le *Messie* ; mais cette admiration devait être plus durable. Génie essentiellement lyrique, l'ode était le genre de poésie qui convenait le mieux à Klopstock ; le sentiment qui le dominait et son enthousiasme spiritualiste y trouvaient leur expression véritable. Disciple heureux des anciens et de la Bible, exerçant sur sa propre langue un empire plus grand que ne l'avait fait jusque là aucun poëte de sa nation, il chanta dans un langage digne et élevé les grands objets qui l'inspiraient : l'amitié, l'amour, le religion, la patrie. Tout semblait ainsi se réunir pour faire de l'auteur de la Messiade le régénérateur de la littérature allemande ; mais après avoir été utile et bienfaisante, son influence allait devenir nuisible et funeste.

Les premières œuvres de Klopstock étaient loin d'être irréprochables ; pour ne parler ni du manque presque absolu d'action, ni des longueurs de la Messiade, un défaut inhérent à presque tout ce qu'il a écrit, c'est l'abus du sentiment, une certaine obscurité de pensée, non moins que l'emphase continuelle de l'expression, et l'indécision dans la peinture des objets, qui tient à son manque presque absolu de sens plastique. Malgré ces défauts, qui auraient dû l'en tenir éloigné, Klopstock voulut aborder le théâtre, et après avoir donné à sa patrie, il le croyait du moins, une épopée religieuse, il entreprit de lui donner un drame chrétien. En 1756 parut *la Mort d'Adam*, elle fut suivie en 1763 d'un *Salomon* et d'un *David*. Jamais tentative ne fut plus malheureuse. Klopstock, en la faisant, avait cru pouvoir s'autoriser de l'exemple de Corneille et de Racine ; c'était témérité de sa part ; rien ne rappelle, en effet, dans ses drames la manière de nos tragiques, comme rien n'y répond aux exigences de la scène ; ce sont des effusions lyriques, qui ressemblent bien plus aux idylles doucereuses que donnait alors le suisse Gessner qu'aux chefs-d'œuvre de nos grands maîtres. Les influences que Klopstock venait de subir lui avaient porté malheur. A ses débuts il s'était heureusement inspiré des anciens et de la Bible et avait imité Milton ; maintenant c'est à d'autres modèles qu'il s'adresse. Les romans de Richardson et les *Nuits* d'Young lui avaient, dès leur apparition, causé l'admiration la plus vive ; quelque chose de la sentimentalité maladive qui déborde dans leurs œuvres se retrouve maintenant aussi dans les siennes.

Mais ce ne fut pas tout. On venait de traduire du français en allemand — c'était par nos traductions que, de l'autre côté du Rhin, l'on connaissait alors presque tous les écrits publiés à l'étranger — l'Édda des Scandinaves. Klopstock fut frappé de cette poésie grandiose et sombre du Nord ; il le fut plus encore peut-être des chants du faux Ossian que publiait Macpherson vers la même époque ; et il crut trouver dans ces œuvres ce qui manquait, suivant lui, à la poésie moderne, un monde de héros et de légendes, semblable à celui que leur mythologie offrait aux anciens. C'est dans ce passé fabuleux qu'il allait se plonger. Tout semblait l'y convier. Exilé volontaire loin de sa patrie, plein de mépris pour le temps présent et d'aversion pour Frédéric II, dont les tendances toutes françaises le révoltaient, ignorant le moyen âge qu'il dédaignait avec tous ses contemporains, il ne lui restait que les premiers temps de l'histoire de sa patrie ; sans doute ils étaient incertains et obscurs, mais c'était par là même qu'ils le séduisaient ; n'était-il pas d'ailleurs du sang le plus pur des Chérusques, ces vainqueurs des Romains ! Ce furent eux aussi qu'il entreprit de chanter, et la *Bataille d'Hermann*, plus tard *Hermann et les Princes* célébrèrent les hauts faits des héros de l'ancienne Germanie. Mais ce n'était pas impunément que Klopstock avait divorcé avec la réalité du présent pour se réfugier dans ces siècles lointains ; ses *bardiets*, c'est le nom bizarre qu'il donna à ses nouveaux drames, manquent du sentiment de vérité et même de la vraisemblance qui eussent pu seuls en faire l'intérêt et la vie, et les imitations auxquelles ils allaient donner lieu devaient surpasser en mauvais goût les productions les plus médiocres de l'époque précédente.

Ainsi après avoir contribué à relever la poésie allemande de son abaissement, Klopstock l'égarait sur la voie funeste de la convention ; il se vit aussi bientôt délaissé ou dédaigné. La direction des esprits lui échappait et l'isolement se fit peu à peu autour de lui. Il le sentit lui-même ; dans une ode, écrite en 1778, il se plaint d'être seul à chanter sous le chêne de Braga, sans personne que Stolberg pour l'écouter. C'était un de ses disciples. Quelques années auparavant, en effet, s'était formé à Gœttingue sous ses auspices, je devrais dire sous son invocation, une école de jeunes poëtes, qui eut un jour d'éclat et de gloire ; admirateurs enthousiastes du grand écrivain, le culte qu'ils lui vouèrent leur porta bonheur ; la muse leur avait souri et elle leur inspira quelques odes qui sont restées ; mais réunis un instant par le hasard des circonstances, les nécessités de la vie ne tardèrent pas à les séparer, et ils se dispersèrent, laissant à d'autres, plus heureux et mieux doués, la tâche de continuer l'œuvre de régénération entreprise par leur maitre et que pas plus que lui ils n'avaient pu achever.

Si l'on excepte ses dernières œuvres, qui avaient la prétention d'être patriotiques, le trait principal de la poésie de Klopstock, c'est qu'elle est religieuse ; par là elle occupe une place à part dans l'histoire littéraire de l'Allemagne ; mais si elle doit à ce caractère une grandeur incontestable, l'empire qu'elle exerça sur les esprits n'en fut pas plus durable et il lui fallut bientôt le partager avec une poésie sortie d'une inspiration fort différente et toute empreinte de l'esprit philosophique du temps. Ce fut de l'étranger que vint cette poésie nouvelle. Le scepticisme avait fait de grands progrès en Angleterre dans la seconde moitié du dix-septième siècle ; c'était un mouvement de réaction contre l'intolérance des croyances établies, aussi bien que contre les abus du despotisme des Stuarts. Religion, gouvernement, tout fut remis en question ou soumis à un examen sévère et la libre pensée victorieuse prétendit donner aux croyances religieuses, en même temps qu'à la société, des bases nouvelles et plus larges. Cependant ces doctrines hardies agirent peu sur la littérature anglaise contemporaine, et elles seraient restées sans influence sur la marche générale de la civilisation, si elles n'avaient point pénétré sur le continent. Ce furent nos écrivains qui les accueillirent d'abord et se chargèrent de les faire connaître ; tâche que l'universalité de notre langue leur rendait singulièrement facile. La France fut ainsi, suivant l'expression pittoresque de Macaulay, l'Aaron des doctrines nouvelles dont l'Angleterre avait été le Moïse. Mais là ne se borna pas son rôle. Nos écrivains, en effet, ne se contentèrent pas de répandre dans le monde les doctrines qu'ils avaient reçues, ils les développèrent, les marquèrent au coin de leur génie, se les approprièrent et c'est ainsi qu'elles purent retourner comme nouvelles dans le pays même qui avait été leur berceau.

En un homme se personnifie ce grand travail de révélation, c'est Voltaire. Né dans les dernières années du règne de Louis XIV, témoin des revers et de l'oppression politique et religieuse qui les marquèrent si tristement, il dut concevoir de bonne heure le désir de changer un ordre de choses, dont il avait souffert tout le premier ; ses attaques commencèrent au retour du voyage qu'il fit en Angleterre en 1726, et il les poursuivit sans relâche jusqu'à la fin de sa longue carrière. Adversaire de toute religion positive, non moins qu'ennemi des spéculations métaphysiques, il ne reconnaît d'autre croyance que le déisme, ni d'autre philosophie que le sens commun ; mais l'idée nouvelle qu'il professe avant tout et dont il fut l'apôtre convaincu, c'est la tolérance, ce sentiment de bienveillance et d'humanité, si chrétien, bien que si méconnu jusque-là, aux époques mêmes réputées les plus chrétiennes. Telles furent les doctrines qui allaient pénétrer à leur tour en Allemagne ; elles trouvèrent dans Wieland l'interprète et le révélateur qui leur manquait. /

Rien ne semblait d'abord faire présager ce rôle. Elevé au milieu d'une société de piétistes, Wieland avait connu dès ses premières années tous les enthousiasmes d'un zèle exalté qu'un amour malheureux vint encore exagérer. Appelé jeune encore à Zurich par Bodmer, qu'avait frappé son talent naissant, non-seulement il accepta les préjugés de son maître, mais on le vit à son instigation attaquer avec violence les poëtes de l'école anacréontique, qu'il accusait d'être les corrupteurs de la jeunesse. En même temps il écrivait son *Abraham éprouvé*, des *Lettres des morts obscurs aux vivants*, les *Sentiments d'un chrétien* et d'autres œuvres semblables qui témoignaient de l'ardeur croissante de ses convictions. Cependant la ferveur du néophyte ne tarda pas à se refroidir ; c'était le résultat des nouvelles lectures qu'il entreprit ; à Young, à Platon, aux Pères de l'Eglise avaient succédé d'abord Richardson et Xénophon, puis Shaftesbury, Aristophane, Lucien, Plutarque, Prior, l'Arioste, Cervantès et Shakspeare, enfin Voltaire, Diderot, Helvétius. La tragédie de *Jeanne Gray*, imitée de l'anglais Rowe, fut le premier symptôme du changement qui s'était fait en lui ; il avait enfin quitté, suivant le mot de Lessing, les sphères éthérées pour vivre au milieu des enfants des hommes ; il restera parmi eux désormais et il s'en montrera bientôt, du moins dans ses écrits, le plus mondain.

Cependant Wieland n'avait pas encore brisé sans retour avec son passé ; la publication des *Contes comiques* amena la rupture définitive. On se scandalisa de voir l'ancien adversaire des poëtes anacréontiques se faire l'imitateur de Boccace et de Lafontaine. Wieland sentit qu'il avait dépassé la

mesure, mais s'il évita à l'avenir les écarts de sentiment dont il venait de donner le singulier exemple, il n'en resta pas moins fidèle à sa nouvelle manière de penser, et désormais il allait être le représentant de l'esprit philosophique en Allemagne, le poëte de l'*Aufklærung,* c'est-à-dire de la libre pensée. Une œuvre considérable et qui fait époque dans l'histoire du roman en Allemagne, *Agathon,* inaugure cette manière nouvelle du poëte. C'était le récit, sous un costume étranger, de sa propre vie, la mise en œuvre, à l'imitation du *Tom Jones* de Fielding, de ses opinions philosophiques, politiques et religieuses. La scène se passait en Grèce et le tableau était assez fidèle pour que le jeune Gœthe crût y voir l'image de l'antiquité retrouvée. C'est en Grèce encore que se déroulent les scènes de *Musarion,* ce poëme charmant où Wieland, devenu l'apôtre de l'eudémonisme, exposait les principes de cet épicuréisme facile, de cette philosophie des Grâces, comme il l'appelle, dans laquelle se résumait pour lui toute la sagesse. C'était là un genre d'écrits, auxquels on n'était point accoutumé en Allemagne. Ce charme constant de style qui les distingue, les descriptions brillantes qui y sont semées à profusion, peut-être aussi le peu de sévérité morale, étaient faits pour plaire à toute une classe de lecteurs qui n'avaient trouvé de goût jusque-là qu'aux ouvrages les plus légers venus de France. Wieland devint leur auteur favori, et ce fut cet imitateur de l'étranger qui les réconcilia avec la littérature allemande qu'ils avaient jusqu'alors dédaignée.

Pour lui, toujours infatigable, il allait bientôt s'engager dans une voie nouvelle. Charmé par la lecture des fabliaux du moyen âge que Barbazan venait de publier, il se sentit attiré vers ce monde d'aventures et de légendes, qui offraient un libre cours à son imagination, et c'est à cette source nouvelle qu'il puisa l'inspiration de son chef-d'œuvre, *Obéron*. En même temps, fidèle à sa mission de *philosophe*, il persiflait dans les écrits les plus divers ce qu'il regardait comme les travers et les erreurs de son temps, transportant le récit tantôt en Grèce, comme dans les *Abdéritains*, tantôt en Orient, comme dans les *Rois du Scheschian* et *Danischmend*, afin d'exercer plus librement sa satire. Cependant cette fécondité que rien ne rebutait, mais qui témoignait bien plus du manque de profondeur que de la puissance du génie, devait porter malheur à Wieland. Sous la diversité apparente de ses œuvres, c'était un même fonds de pensées qu'on retrouvait partout, revêtues seulement d'un costume différent ; incapable de se transformer, quand tout changeait autour de lui, l'auteur d'*Agathon* devait finir par vieillir ; on se lassa de le suivre aux régions fantastiques où il résidait, et c'est ainsi qu'après avoir fait le charme et l'admiration des contemporains de sa jeunesse, il se vit délaissé par ceux de son âge mûr et survécut à sa réputation. Tout autre devait être le sort de l'écrivain dont il me faut parler maintenant, de Lessing, à qui revient, après Klopstock et Wieland, l'honneur d'avoir relevé la littérature allemande abaissée et d'en avoir préparé la grandeur.

Un défaut commun aux œuvres de Klopstock et de Wieland, c'est la convention qui y règne trop souvent et le manque du sentiment de la réalité. Ce défaut s'explique sans peine. Au moment où parurent leurs premiers écrits, en effet, l'esprit public était inconnu en Allemagne et le sentiment national, sans lequel il n'y a pas de littérature vraiment originale, était encore à naître. Mais tout changea dans la seconde moitié du dix-huitième siècle ; les exploits de Frédéric II, l'issue heureuse pour lui de la guerre de

Sept Ans, réveillèrent le patriotisme éteint de l'autre côté
du Rhin, et les yeux se tournèrent peu à peu vers la Prusse,
à laquelle le danois Bernstorff, plus clairvoyant que nos di-
plomates, prédisait déjà un siècle à l'avance l'hégémonie de
l'Allemagne. N'était-ce pas là d'ailleurs que la liberté de
penser, en l'absence de la liberté politique qui n'existait
nulle part, s'exerçait sans entraves ? Sans doute plus d'un
patriote ne put pardonner à l'ami de Voltaire sa prédilec-
tion exclusive pour nos écrivains, non moins que son dé-
dain de la littérature nationale, et la politique sanglante du
« nouveau Pyrrhus » trouva aussi plus d'un contradicteur ;
mais ce furent là des voix isolées ; Frédéric II et « son despotisme éclairé » comptèrent bientôt, surtout parmi la génération nouvelle, d'ardents admirateurs, et toute une
école de poëtes entreprit de chanter un souverain qui ne
devait jamais lire leurs vers. Mais s'il conserva jusqu'à sa
mort son indifférence pour la littérature indigène, Frédéric
ne lui rendit pas moins l'immense service de lui fournir ce
qui lui avait fait défaut jusque-là, « l'intérêt puissant qui
s'attache aux destinées des peuples et de leurs chefs. » Aussi
un esprit nouveau anime désormais la littérature allemande,
on sent qu'elle a conscience de ses forces naissantes, et le
premier usage qu'elle en fera ce sera de s'affranchir de la
longue tutelle de l'école classique.

Cette lutte contre l'influence étrangère, se personnifie
dans Lessing. Digne contemporain de Frédéric, lui aussi,
est né pour la guerre et il la fera à la manière allemande,
sans ménagement et sans scrupule ; mais que lui importe,
pourvu qu'il triomphe et qu'il laisse la littérature de son
pays affranchie ? Lessing avait pourtant, comme presque
tous ses contemporains, été formé à l'école de nos écrivains
du dix-septième siècle et ses premiers essais, pièces de

théâtre, fables, poésies légères, montrent quelle étude attentive il avait faite en particulier de Molière et de Lafontaine. Mais bientôt tout changea. Frappé de la différence qui existe entre l'esprit français et le génie germanique, il se détourna peu à peu de nos classiques et il inclina chaque jour davantage vers les écrivains anglais, qui lui paraissaient plus propres à former l'esprit allemand ; en même temps il se rapprochait des anciens, dont nos poëtes du dix-septième siècle sans doute se crurent les légitimes successeurs, mais dont ils n'étaient, suivant Lessing, que d'inhabiles ou infidèles disciples. Après les études les plus diverses, entreprises à Leipzig, à Wittenberg, à Berlin, et poursuivies avec une inébranlable persévérance au milieu des nécessités d'une existence précaire et agitée, Lessing allait enfin engager la lutte, et il la porta tout d'abord sur son véritable terrain, celui du théâtre, c'est-à-dire là même où l'influence française se faisait le plus sentir. Il devait trouver chez nous un auxiliaire inespéré.

Tout novateurs qu'ils se montrèrent dans le domaine des idées, les écrivains français du parti philosophique furent, par un contraste singulier, les conservateurs les plus décidés en littérature. Qu'y a-t-il par exemple de plus timide que la critique de Voltaire, lequel put mettre tout ou à peu près en doute, excepté toutefois la nécessité et l'existence des trois unités ? Cependant un de ces écrivains au moins fait exception, c'est Diderot, qui, loin de partager l'admiration générale et incontestée qu'inspirait notre théâtre, s'en montra de bonne heure l'adversaire. Déjà en 1748, dans un roman fameux, il avait opposé la simplicité des anciens à ce qu'il appelle l'enphase et « le papillotage » des œuvres modernes ; il ne devait pas s'en tenir là, et huit ans plus tard il essaya une nouvelle théorie dramatique. Témoin du changement qui s'était fait dans les mœurs depuis le commencement du siècle, il crut que la tragédie classique, née à l'ombre du trône, ne pouvait convenir à une société qui se démocratisait et qui dès lors demandait des formes littéraires différentes et faites à son image. La création de la comédie larmoyante en France, celle de la tragédie bourgeoise en Angleterre avaient dans une certaine mesure donné satisfaction à ce besoin nouveau. Diderot vint poursuivre ce qui s'était fait, et, si les drames qu'il composa pour confirmer ses théories échouèrent misérablement, il n'eut pas moins le mérite de justifier et de régler les deux genres moyens qui avaient pris naissance entre la tragédie et la comédie proprement dites. Lessing devait continuer la réforme entreprise par le philosophe français, mais il n'avait pas attendu qu'elle fût commencée pour se mettre à l'œuvre.

Convaincu de l'inutilité des efforts que Gottsched avait faits pour acclimater en Allemagne la tragédie classique et pour y fonder sur ce modèle un théâtre national, Lessing renonça à une forme dramatique qui lui paraissait condamnée, pour se tourner tout entier vers les genres nouveaux qui venaient de naître, et, en 1755, il écrivit *Miss Sara Sampson*, la première tragédie bourgeoise qu'on eût faite en Allemagne. Cette pièce était sortie de l'imitation d'un drame anglais aussi célèbre au siècle dernier qu'il est médiocre, *le Marchand de Londres* de Lillo ; mais si les mœurs, les noms des personnages sont empruntés à l'Angleterre, — on retrouve aussi dans *Miss Sara* plus d'un souvenir de la *Clarisse Harlowe* de Richardson. — la conduite de l'intrigue, l'heureux choix des épisodes sont du poëte allemand ; par là Lessing se séparait de son modèle et du premier coup il avait porté le genre dans lequel il venait de s'essayer à une hauteur qu'il n'avait point atteinte dans le pays où il avait pris naissance.

Encouragé par ce premier succès, Lessing poursuivit ses études dramatiques avec ardeur, les portant sur les objets les plus divers : théâtre italien, dramaturges anglais de la fin du dix-septième siècle, il aborda tout. Les *Lettres sur la tragédie* furent le fruit de ces études nouvelles ; il les continua, en s'adressant cette fois au théâtre grec, et la pièce de *Philotas*, toute faible qu'elle est, témoigne du moins du soin avec lequel il avait lu Sophocle. Ce n'était pas toutefois de ce côté que le portait son talent ; la publication des drames de Diderot le ramena dans sa voie ; il s'était empressé de les traduire et d'opposer l'autorité d'un écrivain, dont il a dit que depuis Aristote jamais tête plus philosophique ne s'était occupée de théâtre, aux partisans de l'école classique qu'il combattait. Joignant bientôt l'exemple à la théorie, il écrivit *Minna de Barnhelm*. Il l'avait conçue au milieu de la guerre de Sept Ans, dont elle fut, suivant la remarque de Gœthe, le produit véritable. On s'en aperçoit sans peine. Cette fois enfin c'était un sujet allemand, des mœurs allemandes, qu'on voyait sur un théatre allemand, ce sont des évènements du jour, des situations et des sentiments empruntés à la vie réelle et non plus des personnages de convention ou des mœurs étrangères qu'on y rencontre. Aussi cette pièce fait-elle époque dans l'histoire du théâtre en Allemagne, où elle n'a point été égalée. L'étude que Lessing avait faite de Diderot avait porté ses fruits, mais il avait dépassé son maître et fait ce que celui-ci n'avait pu produire, une véritable comédie dans le genre sérieux. Là ne devaient pas se borner ses efforts, et, comme s'il lui eût été réservé de vérifier les doctrines du critique français, après avoir donné dans *Minna de Barnhelm* l'exemple et le modèle de la comédie sérieuse, il offrit cinq ans plus tard avec *Emilia Galotti* celui de la tragédie bourgeoise. C'était l'histoire de Virginie transportée à la cour d'un petit prince italien. Si Lessing eut le tort de ne pas se conformer aux données de la tradition, son drame se recommandait néanmoins par le dessin et la vérité des caractères, aussi bien que par la vivacité du dialogue et l'entente de la scène. Il continuait ainsi l'œuvre de régénération dramatique commencée si heureusement par *Miss Sara Sampson* et *Minna de Barnhelm*. Persuadé toutefois avec raison que des pièces même originales ne pouvaient suffire pour mener à bien la réforme du théâtre qu'il avait entreprise, tant que les partisans de l'école classique continueraient d'inonder les scènes allemandes de leurs œuvres et conserveraient leur crédit, Lessing s'efforça par des attaques incessantes de ruiner leur influence.

Gœthe a remarqué que la littérature allemande de son temps s'était développée par opposition avec celle de l'époque qui avait précédé. Il est facile par là de comprendre l'importance du rôle que la critique a joué de l'autre côté du Rhin au siècle dernier. Déjà Gottsched et les Suisses y avaient eu recours pour assurer le triomphe de leurs opinions. Lessing s'en servit à son tour. Lors du premier séjour qu'il fit à Berlin il entreprit la publication des *Nouvelles de la république des lettres*, où il se fit remarquer par la hauteur non moins que par l'impartialité de ses vues et la sûreté des jugements qu'il portait sur les écoles régnantes. Ainsi, dès ses débuts il était passé maître dans ce genre nouveau pour lui ; il allait bientôt y faire école. Les *Lettres sur la littérature* de Nicolaï en furent la preuve. C'était un collaborateur futur que Lessing avait formé et s'était acquis sans le savoir ; il en trouva bientôt un autre dans le juif

Mendelssohn. L'union de ces trois écrivains devait être féconde ! Les *Lettres sur la littérature contemporaine* qui en sortirent, la production la plus importante du journalisme allemand au dix-huitième siècle, mirent un terme aux prétentions des écoles rivales dont elles signalaient l'impuissance et laissèrent ainsi la place libre pour des œuvres nouvelles. Dans cette guerre contre la médiocrité, Lessing ne pouvait oublier les faibles essais qui depuis Gottsched avaient été faits en dehors de lui pour relever le théâtre ; aussi s'élevant tout d'abord contre les réformes du dictateur, qu'il accusait d'avoir égaré le drame allemand sur la voie d'une fausse imitation, il montrait déjà dans les tragiques anglais du seizième siècle les modèles qu'il eût fallu choisir. Ce qu'il avait indiqué ainsi en passant comme le but des efforts qui restaient à faire pour restaurer le théâtre allemand, Lessing allait le préciser et le développer dans la *Dramaturgie de Hambourg*.

Justifier la tragédie bourgeoise qu'il avait importée en Allemagne et en donner les lois, combattre et renverser notre système dramatique, au nom même des règles d'Aristote, en lui opposant le théâtre des Grecs et celui de Shakspeare, telle fut la tâche que le critique s'y proposait et mena à bien. La tragédie classique ne devait pas se relever du coup qu'il lui porta et son crédit fut pour toujours ruiné de l'autre côté du Rhin. Quelque temps auparavant, dans le *Laocoon*, Lessing rectifiait les idées erronées qu'on s'était faites jusque-là de la nature de la poésie et de ses rapports avec les arts plastiques. Les fondateurs de l'esthétique, Batteux et Baumgarten, étaient dépassés et la confusion que l'historien de l'art antique, Winckelmann, avait appuyée de l'autorité de son nom réfutée à jamais. Ainsi le domaine poétique tout entier était reconnu et exploré ; il ne restait plus qu'à remplacer par des œuvres nouvelles et originales celles que Lessing avait proscrites et condamnées ; telle devait être, à ce qu'il semble, la tâche qu'il avait à remplir ; mais, à ce moment même, il renonça à la littérature proprement dite, pour s'isoler dans des études de philosophie et de théologie.

La retraite volontaire de Lessing fait époque dans l'histoire littéraire de l'Allemagne au dix-huitième siècle ; elle met fin à sa première évolution et inaugure une ère nouvelle dans son développement. L'école classique était vaincue ; mais ce n'était pas assez ; il fallait renverser les dernières entraves qui faisaient encore obstacle au génie et arrêtaient son libre essor. Tel fut le but que se proposaient avant tout les écrivains de la génération nouvelle. Toutefois ce besoin d'originalité qui les anime, la revendication incessante qu'ils font entendre en faveur des droits d'une inspiration créatrice, ne sont pas le seul caractère qui leur soit propre ; ce qui les distingue plus encore, c'est leur ardeur à réagir contre ce qu'il y avait d'étroit dans les doctrines philosophiques de leurs devanciers. La philosophie du sens commun allait faire place à celle du sentiment et aux vues bornées d'un rationalisme sans profondeur devaient succéder les larges conceptions de l'idéalisme. Le mouvement encore était parti de France.

Le déisme des premiers écrivains du parti philosophique n'avait pas tardé à être dépassé et avait dû céder au matérialisme des encyclopédistes ; mais cette doctrine toute négative ne pouvait manquer d'amener une réaction en faveur du spiritualisme méconnu ; elle se personnifia dans Rousseau. Dès ses premiers écrits, rompant avec les opinions régnantes, il avait engagé la lutte contre elles ; il devait la poursuivre jusqu'à sa mort. Ce n'est pas qu'il fût un défenseur de l'ordre de choses existant ; loin de là, il devait plus que personne contribuer à le renverser ; mais s'il s'attaque avec non moins de hardiesse que ses devanciers à ce qu'il regardait comme faux ou mauvais, il s'en distingue en voulant réédifier sur des bases nouvelles et plus sûres la société ébranlée, et dans cette tâche hardie il porta une ardeur de conviction qui lui gagna tous les cœurs, et forma autour de lui une église visible dont il était l'oracle écouté. C'est qu'il y avait entre les opinions de toute sa vie et ses écrits un accord qui fit leur autorité et leur force. Idéaliste, ce sont les convictions les plus intimes de sa nature qu'il oppose aux doctrines funestes du matérialisme ; citoyen de Genève, c'est la souveraineté du peuple qu'il proclame sous un gouvernement absolu ; plébéien, c'est à l'égalité de la nature qu'il rappelle une société fondée sur le privilége : voilà ce qui fit sa puissance ; mais il la dut aussi à cette éloquence passionnée, à cet accent de conviction profonde qui eût fait de lui en d'autres temps, comme le remarquait Grimm, le fondateur d'une religion ou d'une secte nouvelle. Ce n'est pas un philosophe ordinaire qui s'adresse froidement à la raison, mais un croyant qui parle avant tout au cœur ; c'est un prophète, tel qu'on nous dépeint ceux des anciens jours, s'attaquant sans ménagement aux préjugés et aux erreurs, et apportant au monde consolé non une doctrine douteuse ou discutable, mais les enseignements oubliés du spiritualisme et « l'évangile de la nature ». Aussi l'influence que Rousseau exerça dans le monde des idées fut-elle immense ; il ne devait pas en exercer une moins grande dans le domaine littéraire.

Vous savez, Messieurs, quelle postérité brillante Rousseau a laissée en France, depuis Bernardin de Saint-Pierre jusqu'à Lamartine ; il en eut une non moins illustre en Allemagne ; tous les écrivains de la génération nouvelle, quelles que fussent d'ailleurs leurs tendances particulières, relèvent de lui, et les œuvres les plus originales de la littérature allemande, qui parurent à la fin du siècle, depuis *Werther* jusqu'à *Guillaume Tell* ne s'expliquent que par l'étude attentive que leurs auteurs avaient faites des siennes. Mais nul écrivain ne subit son influence plus que Herder, le chef et le promoteur de la révolution littéraire par laquelle s'ouvre la période que nous étudions. Tout semblait l'y prédisposer : son enfance opprimée, non moins que ses aspirations idéalistes ; élève de Kant et disciple du mystique Hamann, s'ils furent ses maîtres, c'est de Rousseau surtout qu'il s'inspire. « C'est moi-même que je veux chercher, dit-il dans une de ses premières poésies, pour me trouver enfin et ne plus me perdre ; viens Rousseau, sois mon guide ». L'influence du philosophe sur Herder apparaît tout d'abord dans les plans de réforme que le jeune écrivain, nommé pasteur à Riga, forma pour civiliser la Livonie, dans ce désir ambitieux de transformer sa patrie adoptive, d'y faire, « libérateur et citoyen », un état libre et heureux, « le centre d'une religion évangélique épurée ». Toutefois ce n'est pas comme réformateur politique ou religieux que Herder s'est rendu célèbre, mais pour avoir porté dans le domaine de la critique et de l'histoire littéraire les idées fécondes de Rousseau.

Le philosophe genevois avait supposé à l'origine de la société un contrat social, condition et base de son existence, dont il croyait retrouver la trace chez les sauvages et les nations primitives ; avec bien autrement de raison Herder cherche à ces époques reculées la forme native, l'expression véritable de toute poésie ; nourri de la lecture de la Bible, plein d'admiration pour Homère et Ossian, ce sont les œu-

vres de ces temps réputés barbares qui lui paraissent seules
présenter les caractères essentiels de toute création poétique : l'imagination et le sentiment. N'est-ce pas, en effet,
chez les peuples encore enfants, que ces facultés sont le
plus développées et s'exercent le plus librement? Et ce
monde de légendes et de traditions merveilleuses, source
féconde de poésie, où ont-elles pu naître, si ce n'est dans
la jeune imagination de nations encore près de leur berceau? Herder revient à chaque instant, dans ses premiers
écrits, sur cette pensée neuve et originale, qui contraste
singulièrement avec l'opinion des critiques de son temps.

« Sachez-le, dit-il dans la préface de ses *Voix des peuples*,
avec une hardiesse qui va jusqu'au paradoxe, plus un peuple est sauvage, c'est-à-dire plus il vit de la vie et dans toute la liberté de la nature (le mot sauvage ne veut rien dire
de plus), plus aussi sa poésie, quand il a une poésie, doit
être sauvage, c'est-à-dire vivante, libre, parlant aux sens,
lyrique. De même, moins la manière de penser et la langue
d'un peuple sont artificielles et savantes, moins sa poésie
ressemble à une versification morte et faite pour les yeux.
C'est du lyrisme, de la vie, de la cadence du chant, de la
présence vivifiante des images, de l'accord, et, pour ainsi
dire de la pression de faits et des sentiments, de la symétrie
des mots, des syllabes et souvent même des lettres, de la
nature de la mélodie et de cent autres accessoires, qui sont
le caractère propre et la vie de la poésie nationale et chan-
tée, mais qui aussi disparaissent avec elle ; c'est de tout
cela et de cela seul que dépendent la nature, le but, la force merveilleuse, qui font de cette poésie l'enthousiasme, la
joie, le chant héréditaire et immortel du peuple. Ce sont
là les traits avec lesquels cet Apollon sauvage perce les
cœurs et fixe le souvenir. Plus un *lied* doit durer, plus ces

qualités, qui tiennent les âmes en éveil doivent être énergiques et sensibles, pour braver la puissance du temps et les révolutions des siècles. »

« J'ai étudié la pensée des différents peuples, dit-il ailleurs, et ce que j'y ai découvert sans esprit de système et sans subtilité, c'est que chacun d'eux s'est formé des archives à lui en rapport avec sa religion, les traditions de ses pères, et ses idées particulières, que ces documents sont exprimés dans une langue, sous une forme et dans un rhythme poétiques, que ce sont par conséquent des chants mythologiques et nationaux sur ses origines et sur ce qu'il y a eu de plus remarquable dans son passé. De pareils chants on en trouve chez chacune des nations de l'antiquité, qui, sans secours étranger et en suivant la voie de sa propre culture, s'est élevée seulement un peu au-dessus de la barbarie..... L'Edda des Celtes (!), les cosmogonies, théogonies et chants héroïques de la Grèce antique, les traditions des Indiens, des Espagnols, des Gaulois, des Germains et de tous les peuples barbares ; tout cela est une seule et même voix et comme un écho isolé de ces traditions poétiques des premiers temps. Tout ce que dans notre âge de culture raffinée nous ne voyons de l'homme qu'en traits faibles et obscurs, est vivant dans les archives de cet âge éloigné. » Ainsi, loin d'être le privilége de quelques esprits cultivés, la poésie est comme le patrimoine primitif du genre humain, héritage commun que chaque peuple a modifié suivant son génie, son climat, son degré de civilisation.

Vous avez sans doute présente à la mémoire, Messieurs, l'introduction célèbre du siècle de Louis XIV, où Voltaire, au nom de l'infaillibilité prétendue de la critique classique, rayant d'un trait de plume les plus beaux titres littéraires du genre humain, ne reconnaît dans son histoire comme dignes de fixer l'attention de « quiconque pense et a du goût », que quatre siècles, dont il prétendait bien sans doute continuer le dernier et le plus grand. Quelle différence entre cette manière de voir exclusive et étroite du poëte philosophe et la critique large et féconde de Herder ! Non, la poésie n'a pas seulement fleuri dans les siècles de civilisation raffinée, nous la retrouvons encore, plus naïve et plus vraie, aux époques primitives ; ou, pour mieux dire, il y a deux espèces de poésie : la poésie savante et réfléchie des âges cultivés, telle qu'elle nous apparaît, par exemple, sous sa forme la plus parfaite dans Virgile et dans Racine ; la poésie native et toute de sentiment des âges encore incultes, poésie essentiellement nationale et populaire, et qui, comme expression de la pensée et de la vie même du peuple, peut exister à côté de la poésie savante, même aux époques les plus civilisées. C'est cette dernière dont Herder venait de retrouver les titres de noblesse perdus.

Mais non-seulement la poésie peut changer aux différents âges d'une même nation, il y a encore pour chaque peuple des formes littéraires qui lui sont propres et qui dépendent de ses mœurs, de ses occupations, du milieu dans lequel il vit, du sol sur lequel il habite, de sa constitution politique, ou de ses croyances religieuses. C'était la théorie de l'influence de la race et du climat sur les productions de l'esprit, théorie en germe déjà dans Fontenelle, et développée plus tard par l'abbé Dubos, qui recevait ici sa consécration dernière. Au lieu des règles immuables et inflexibles que la critique classique avait proclamées comme valables dans tous les temps et dans tous les lieux, Herder reconnaît à chaque peuple le droit d'avoir un idéal poétique à lui, et de le réaliser conformément à son génie particulier. C'est de ce point de vue que le jeune écrivain va reprendre la lutte contre l'école classique. Il devait trouver un auxiliaire dans le poëte des *Nuits*. La révolution littéraire, en effet, qui s'achevait alors en Allemagne, commençait à ce moment même en Angleterre, et, dans ses *Conjectures sur la composition originale*, Young venait à son tour de s'élever contre la tyrannie des règles et en faveur des droits du génie.

« Un Dieu réside en nous, disait le poëte critique en rappelant un mot de Sénèque, dans le monde littéraire, le génie est ce dieu qui vit dans notre sein. Le génie est un maître ouvrier; la science n'est qu'un instrument, et l'instrument le plus utile n'est pas toujours nécessaire. La perfection qui naît sans règle est la marque du génie. Les règles sont des béquilles nécessaires au malade, inutiles pour celui qui se porte bien. » Et ailleurs : « La nature nous présente l'échelle qui conduit à la perfection, il ne nous manque qu'assez de courage et de hardiesse pour monter. La nature, dans sa bonté, nous a formés aussi robustes que le furent nos prédécesseurs, étaient-ils plus, ou sommes-nous moins que des hommes ?... Egaux par la naissance, nous avons sur eux un avantage, c'est que le torrent des siècles nous a portés sur une éminence plus élevée que le point d'où ils sont partis. » Aussi ce n'était plus seulement aux écrivains de l'école classique française que s'attaquait la nouvelle critique, elle remontait cette fois jusqu'à ceux de l'antiquité. « Le meilleur moyen d'être inimitable, avait dit Winckelmann, c'est d'imiter les anciens ». « Retenez, répondait Young, comme une maxime certaine, cette vérité, qui d'abord a l'air d'un paradoxe : moins on copie les anciens, plus on leur ressemble ». Et expliquant sa pensée : « Tant que vous pourrez vous écarter des illustres ancêtres de la littérature, sans perdre de vue la nature et le bon

sens, suivez votre course et ne craignez point de vous trop
livrer à votre audace ; moins vous aurez avec eux de traits
de ressemblance, plus vous serez parfait, plus vous serez
leur égal : vous partagerez avec eux le noble titre d'auteur
original ». « Classique, mot maudit, disait à son tour Herder, tu as fait de Cicéron un rhéteur de collége, d'Horace
et de Virgile des poëtes de collége, de César un pédant, de
Tite-Live un arrangeur de périodes. Ce mot a enseveli maint
génie sous un amas de phrases, rempli les têtes d'un chaos
d'expressions étrangères, il a privé la patrie de fertiles
rejetons. »

C'était une rupture complète avec le passé, une exhorta-
tion à inaugurer une ère littéraire nouvelle. De toutes parts
retentit un cri d'affranchissement et de révolte. Qu'était-il
besoin de modèles ? Le génie ne se suffit-il pas à lui-même ?
« Il n'y a, répétait-on, que les petits esprits qui se courbent
devant les règles ; les grandes âmes ne les connaissent pas ».
« Honneur, disait-on encore, à qui il est donné de respirer
librement, et qui n'a point mis de rempart devant son
cœur, qui sent dans toute la vérité de sa nature et parle
comme il sent ; l'amour, l'amitié, et tous les sentiments de
l'âme ont-ils donc besoin des règles pour s'exprimer ? »
C'était la nature seule aussi que le poëte devait étudier et
imiter ; c'était en lui seul qu'il devait puiser sa force et son
inspiration. Nature et génie, tel fut le mot d'ordre des
écrivains de la génération nouvelle ; c'est en leur nom que
ces enfants de l'Orage allaient donner l'assaut à la forteresse
vieillie du classicisme : elle allait bientôt s'écrouler sous
leurs coups.

Si à Herder appartient l'honneur d'avoir commencé l'attaque, celui de l'avoir victorieusement terminée revient à son
disciple Gœthe. Ce fut à Strasbourg, dans cette ville alors

française, que les deux écrivains se rencontrèrent pour la première fois. Connu seulement par quelques lieds, le jeune poëte en était encore à chercher sa voie. Elevé dans le culte de nos écrivains, il avait même choisi Strasbourg pour y achever ses études de droit, commencées à Leipzig, afin d'acquérir une connaissance plus complète de notre langue et de notre littérature. L'arrivée de Herder vint tout changer. Le critique fit bientôt partager à celui qui allait devenir son disciple son aversion pour la littérature classique, en même temps qu'il lui inspirait l'admiration qu'il ressentait lui-même pour la Bible, Homère, Ossian, Shakspeare et la poésie populaire; il l'initia à ses pensées les plus intimes, à ces aperçus neufs et originaux, qui contenaient en germe tout ce qu'il écrivit plus tard, et remplissaient alors son âme des joies de la découverte. Aux yeux étonnés du jeune poëte apparurent ces horizons nouveaux et inconnus que son éducation étroite ne lui avait pas laissé entrevoir, et rompant avec son passé, il s'avança hardiment dans la voie que son maître lui avait ouverte, recherchant à son tour pour s'en inspirer les légendes des vieux temps, apprenant le grec pour lire Homère dans le texte, mais surtout étudiant avec amour Shakspeare dont la grandeur venait de se révéler à lui.

Les *Feuilles sur l'art allemand*, publiées trois ans plus tard, mais dont la conception première remonte à cette époque, peuvent nous donner une idée de la nature des entretiens du maître et de l'élève, et des vues profondes et originales sur l'art et la poésie qu'il échangèrent entre eux. Gœthe a raconté dans ses Mémoires quelle impression profonde fit sur lui la vue de la cathédrale de Strasbourg, et ce fut en présence du majestueux édifice qu'il retrouva l'intelligence perdue de l'architecture gothique, dont ce monument grandiose est un des modèles les plus parfaits : art sublime où la fantaisie de l'artiste s'est donnée une libre carrière, et que, par une erreur bien excusable de son temps, le jeune poëte croyait d'origine allemande. C'est aussi parce qu'il la regardait comme nationale qu'il ressentit pour cette architecture, alors méconnue ou méprisée, une admiration si vive et si profonde, l'opposant hardiment, dans l'ardeur de son enthousiasme, à tout ce qu'on avait fait depuis la Renaissance en Italie et en France, et y voyant comme le produit et la manifestation d'un génie créateur et surhumain.

Cette conception originale, ce caractère national, que Gœthe reconnaissait ainsi et saluait avec joie dans l'architecture gothique, fut aussi ce qui frappa et séduisit Herder dans le théâtre de Shakspeare. Le tragique anglais joue un rôle immense dans l'histoire de la littérature moderne, et de bonne heure son nom devint comme le mot d'ordre des adversaires de l'école classique. Proscrit pendant la guerre civile, délaissé jusqu'à la fin du dix-septième siècle, Shakspeare ne revint en honneur dans sa patrie qu'au siècle suivant. Mais sa gloire ne fut complète que quand il passa sur le continent. Ce fut Voltaire qui le premier se chargea de le faire connaître ; il ne prévoyait pas que c'était un rival qu'il se donnait en lui, et un rival dont on se servirait pour attaquer et renverser son crédit. C'est ce qui eut lieu bientôt, surtout en Allemagne. Dans sa lutte contre le classicisme, Lessing, nous l'avons vu, non-seulement opposa à notre système dramatique le théâtre de Shakspeare, mais il alla même, par un paradoxe étrange, jusqu'à prétendre que le poëte anglais avait observé plus fidèlement que ne l'avaient fait nos tragiques les règles d'Aristote. Shakspeare était donc un successeur des anciens ; aussi le critique le proposait-il, au même titre qu'eux pour modèle à ses compatriotes.

Tout autre est la manière de voir des critiques de la génération nouvelle. Pour ceux-ci, en effet, Shakspeare n'était si grand que parce qu'il s'était affranchi des règles et n'avait pris que la nature pour guide. « Le mérite suprême de Shakspeare, disait Gerstenberg, l'un d'entre eux, consiste dans l'imitation de la nature ». Et ailleurs : « Unité de lieu, unité de temps, unité d'action, unité de style, même unité de but, il s'en souciait comme de rien, quand elles faisaient obstacle à la variété ». Ainsi ce qui faisait avant tout la grandeur du tragique anglais, c'est qu'il s'était mis au-dessus des règles et ne relevait que de son génie. Mais Shakspeare avait encore aux yeux des nouveaux critiques un autre mérite ; c'était d'être le représentant de la poésie du Nord, et comme tel d'être un poëte national pour l'Allemagne. Gerstenberg, en insistant sur la différence fondamentale qui existe entre le théâtre de Shakspeare et celui des Grecs, avait déjà indiqué ce point de vue; c'est ce caractère du drame shaskspearien que Herder, à son tour, s'efforça de mettre en lumière. « Tandis, dit-il, que chez Sophocle règne l'unité d'action, Shakspeare met en œuvre dans son ensemble un fait, un événement... Tandis que chez l'un on entend toujours la même langue musicale et polie retentir dans son milieu éthéré, l'autre, interprète de la nature, de quelque idiome qu'elle se serve, parle la langue de tous les âges et de tous les peuples. Tandis enfin que l'un représente, enseigne, émeut des Grecs, l'autre émeut, enseigne, représente des hommes du Nord. »

Cette double qualité de poëte original et germanique qu'il trouvait ainsi dans le poëte anglais, est surtout celle pour laquelle Herder loue Shakspeare; c'est à ce titre qu'il le recommandait à l'attention de son disciple. Gœthe fut docile aux conseils de son maître, et désormais le grand tragique fut pour lui l'objet d'une étude de tous les instants, ou plutôt d'un véritable culte. Mais Gœthe ne se contenta pas d'admirer Shakspeare, il s'en inspira dans la première œuvre importante qu'il produisit : *Gœtz de Berlichingen*. Le sujet était tiré des mémoires du seizième siècle, c'était donc un drame national que le grand poëte donnait à ses compatriotes; il ne faut point s'étonner aussi s'ils l'accueillirent avec joie, et voulurent y voir une œuvre digne de rivaliser avec celles du tragique anglais. C'était une erreur; mais si *Gœtz* ne peut soutenir la comparaison avec les grands drames de Shakspeare, par la hardiesse de la conception, par l'heureux dessin des caractères et l'intérêt du sujet, cette pièce n'en inaugure pas moins une ère nouvelle non-seulement dans l'histoire du théâtre mais encore de la littérature d'outre-Rhin : elle marque l'avènement véritable du romantisme en Allemagne, un demi-siècle avant qu'il prit naissance en France.

Gœtz fut achevé en 1773; l'année suivante paraissait *Werther* ; c'était une œuvre bien différente sans doute; elle n'en montrait que mieux la puissance du génie de Gœthe, qui y apparaissait sous un jour nouveau. *Gœtz* était sorti de l'étude que le jeune poëte avait faite de Shakspeare, *Werther* lui fut inspiré par la lecture de Rousseau ; mais s'il est facile de signaler des ressemblances entre le roman du poëte allemand et *la Nouvelle Héloïse*, par l'invention du sujet, par l'intérêt croissant de la passion, l'œuvre de Gœthe témoigne d'une originalité, d'une profondeur d'inspiration inconnue à celle de Rousseau; ce qui l'en distingue encore, c'est le sentiment de mélancolie, qui fait ici pour la première fois son apparition dans la littérature ; on sent que ce roman a été écrit à une époque troublée, à la veille de la transformation d'un monde ; de là ce dégoût de la vie dont est pris Werther ; plein de mépris pour les conventions de la société, ce fils de la nature ne peut se soumettre aux lois vulgaires qui la régissent, pas plus qu'il ne sait dompter son cœur, et il ne lui reste, dans son impuissance et son désespoir, qu'à se réfugier dans la mort.

Mais à côté de cette sentimentalité maladive, qui trouvait dans *Werther* son expression dernière, ce roman nous offre aussi dans toute sa fraîcheur et sa beauté le sentiment bienfaisant et nouveau de la nature. Tel que nous le comprenons, ce sentiment a été ignoré de l'antiquité, et il ne faut pas davantage le chercher au moyen âge ; le dix-septième siècle aussi y fut étranger ; il connut la carte du pays de Tendre, il ignora celle des Alpes ; mais tout changea avec Rousseau. Elevé sur les bords de son beau lac, ayant grandi au milieu des paysages alpestres de la Savoie et du Dauphiné, il puisa, dans la contemplation des scènes grandioses qu'ils lui offraient, le sentiment et l'admiration de la nature, et il en a retracé dans quelques pages immortelles de *la Nouvelle Héloïse* et des *Confessions* l'impression profonde et émue. Ce sentiment que lui avait révélé son maître, Gœthe l'a éprouvé à son tour avec une puissance inconnue et rendu avec une magie de style, une richesse de couleurs sans égale, auxquelles se mêle parfois je ne sais quelle expression attristée et mystique.

Werther est bien un produit de la période d'orage ; *Faust* aussi ne pouvait être conçu qu'à cette époque d'aspirations hardies et d'efforts audacieux pour tout connaître : *Werther* est victime de la tyrannie d'un cœur qu'il n'a pas su dompter, *Faust* de l'orgueil d'une raison qui veut tout approfondir et qui s'adore elle-même. C'est là ce qui donne à sa destinée ce caractère tragique et saisissant, ce qui le pousse d'abord au suicide, puis au pacte qu'il conclut avec Méphistophélès, et par là à sa perte probable. La légende du seizième siècle, ainsi transformée et agrandie sous la main de Gœthe, n'était plus le portrait de la destinée incertaine d'un savant ambitieux ou intrigant, elle devenait la mise en œuvre des tendances opposées du cœur de l'homme, la tragédie même, suivant l'expression de Lamartine, de l'âme humaine, que l'épisode de Marguerite venait embellir d'une ineffable poésie.

Ces aspirations audacieuses, les efforts titanesques de ces *génies* que rien n'arrêtait, que rien aussi n'était capable de décourager, trouvent leur expression peut-être plus vraie encore dans le *Prométhée*. Ce dieu nouveau en révolte contre les anciens dieux, personnification du génie entreprenant de la Grèce, n'était-il pas le digne patron de ces enfants de l'Orage, qui dans leur orgueil, ne reconnaissant ni règles ni modèles, n'obéissaient qu'à leur propre inspiration et à la nature ? « Non, je ne veux pas ; dis-le leur ! Encore une fois, je ne veux pas ! Leur volonté contre la mienne, un contre un, il me semble que cela se vaut... Etre leur burgrave et protéger leur ciel ! Ma proposition est beaucoup plus équitable. Ils veulent partager avec moi, et il me semble que je n'ai rien à partager avec eux. Ce que j'ai, ils ne peuvent me le ravir ; ce qu'ils ont, qu'ils le défendent. Ici le mien, là le tien ». — Ep. « Qu'est-ce donc qui est à toi ? » — Pr. « La sphère que remplit mon activité ; rien de plus, rien de moins. Voilà mon monde, mon tout. Ici je me sens moi ». Ce langage énigmatique et fier que Gœthe met dans la bouche de Prométhée, cloué sur son rocher, vaincu mais non soumis, ce cri de révolte et de défi que dans son inflexible orgueil fait entendre le titan menacé, n'est-ce pas l'expression même des sentiments d'indépendance qui animaient Gœthe et ses contemporains? Mais c'est quelque chose de plus encore, et il faut voir dans ce poëme inachevé comme le symbole et la marque de la révolution qui venait de se faire dans la pensée du poëte : le disciple de Rousseau avait déserté le spiritualisme de son maître pour se faire spinoziste.

La publication de *Werther* avait mis le sceau à la réputation de Gœthe ; appelé à Weimar, il allait non pas renoncer à la littérature, mais se recueillir, préparant pour plus tard et dans le silence de la retraite des œuvres nouvelles, et inaugurant les travaux par lesquels il s'est fait un nom dans la science : il entrait dans l'âge de la prose. Son voyage d'Italie y mit fin et le ramena à la poésie. Attiré dès longtemps par un instinct puissant et secret vers cette patrie des arts, Gœthe avait brusquement quitté l'Allemagne pour s'y rendre : là, dans la contemplation des chefs-d'œuvre de l'antiquité, il allait puiser ce sentiment de la beauté plastique, qui animera désormais ses œuvres : manière nouvelle dont l'*Iphigénie en Tauride* et le *Tasse* sont l'expression dernière. C'était un divorce complet avec son passé ; Gœthe, depuis longtemps déjà, s'était affranchi des influences qu'il avait subies dans sa jeunesse, et, rompant avec les tendances révolutionnaires de ses premières années, il s'était séparé des écrivains qui, comme Lenz et Klinger, les continuaient ; ce fut aussi ce qui l'éloigna tout d'abord de Schiller.

Un fait qui peut surprendre tout d'abord, c'est le peu d'influence que les doctrines politiques et sociales de nos écrivains du siècle dernier exercèrent de l'autre côté du Rhin, au moment même où elles pénétraient avec le plus de puissance en Angleterre, en Italie, en Espagne et jusqu'en Portugal et dans les pays du Nord. Ce fait s'explique toutefois par cette circonstance que l'Allemagne poursuivant exclusivement alors son œuvre de régénération littéraire devait rester indifférente aux questions politiques qu'elle avait ajournées. Cependant il est un écrivain allemand que ces questions passionnèrent, au moins à ces débuts : c'est Schiller. Elevé sous une discipline sévère, dans l'école de cadets, créée et dirigée par le duc Eugène de Wurtemberg, — ce modèle des petits despotes de l'Allemagne, qui non content d'avoir édifié à grands frais un Versailles, s'était encore donné le luxe d'une Bastille, où il faisait enfermer les écrivains qui lui déplaisaient, — nourri de la lecture de Rousseau et de Plutarque, le jeune poëte avait conçu de bonne heure la haine de la tyrannie, en même temps que son âme généreuse s'ouvrait aux aspirations de la liberté. Ces sentiments opposés se retrouvent dans un drame qu'il écrivit encore sur les bancs de l'école : *les Brigands*. C'était la guerre déclarée à la société impuissante à favoriser le bien et à prévenir le mal, à ce « siècle écrivassier », qui avait mis la pensée au-dessus de l'action ; un souffle révolutionnaire animait cette pièce étrange ; aussi, malgré le ton déclamatoire qui y règne, fit-elle une sensation profonde, et l'on vit des bandes de jeunes étudiants parcourir, en redresseurs de torts, l'Allemagne étonnée de ce dévouement nouveau.

La représentation des *Brigands* fut interdite, et Schiller reçut l'ordre de ne rien écrire sans autorisation ; au lieu d'obéir, il s'enfuit à Mannheim. Là, dans sa retraite forcée, il composa *Cabale et Amour*. Cette fois c'était le tableau de la corruption et des intrigues qui régnaient dans les petites cours allemandes, qu'il mettait sur la scène. Un autre sentiment anime la *Conjuration de Fiesque* ; publiée en 1785, l'année même où l'indépendance des Etats-Unis était reconnue, cette « tragédie républicaine » était comme un hommage rendu à cette forme nouvelle de gouvernement, et on y trouvait l'écho fidèle des opinions libérales qui, après avoir traversé deux fois l'Océan, revenaient d'Amérique réveiller la vieille Europe d'où elles étaient parties. Fiesque a délivré Gênes du joug de Doria, quand, séduit par le démon de l'ambition, il prend la place de celui qu'il a renversé; mais il a compté sans l'austère Verrina, qui le précipite dans les flots, le punissant ainsi du crime inexpiable d'avoir asservi sa patrie. On voit quelle est l'idée première de ce drame. *Don Carlos* qui le suivit était dû à une autre inspiration. Dans la pensée première de Schiller, cette pièce devait être une protestation en faveur de la liberté religieuse opprimée par Philippe II et l'Inquisition; mais bientôt cette donnée passa au second plan, et au premier apparait le marquis de Posa, représentant de la philosophie du dix-huitième siècle, transporté, par un anachronisme hardi, au seizième, et dans lequel il est facile de voir que le poëte s'est peint lui-même avec ses aspirations généreuses.

Schiller, on le voit, cédait facilement aux rêves de son imagination : les travaux historiques, auxquels il se livra vers cette époque de sa vie, allaient le ramener au sentiment de la réalité. Ce genre d'études, importé encore de France, était en honneur depuis quelque temps de l'autre côté du Rhin. Herder venait de publier ses *Idées sur la philosophie de l'histoire de l'humanité*, ce premier essai vraiment scientifique pour rattacher à des causes supérieures les événements divers dont la terre a été le théâtre depuis l'apparition de l'homme : œuvre tout empreinte des sentiments de tolérance et d'humanité dont le pasteur de Weimar s'était fait l'apôtre, et que quelques années auparavant Lessing avait lui aussi proclamés dans l'*Education du genre humain* et dans son drame de *Nathan le sage*. Schiller s'engagea à son tour dans la même voie, et c'est à ces préoccupations nouvelles que nous devons l'*Histoire de la guerre de Trente Ans*. En même temps, il se livrait, chose rare chez un poëte, à de profondes études de philosophie, et, s'inspirant des idées de Kant, il allait même essayer une théorie du beau et du sublime, qui lui donne une place à part parmi les écrivains esthétiques. Fortifié par ces travaux divers, Schiller revint enfin à la poésie qui le réclamait : sa liaison avec Gœthe l'y ramena.

Les deux poëtes avaient, par la publication d'un recueil d'épigrammes célèbre, les *Xénies*, inauguré leur union si féconde pour la littérature allemande, qu'ils étaient destinés à porter à son plus haut point de perfection et de grandeur. Des œuvres plus considérables le prouvèrent bientôt. C'est alors que parut *Hermann et Dorothée*, ce poëme charmant de Gœthe, où les événements de la vie bourgeoise sont élevés à la grandeur héroïque et revêtus d'une poésie qu'ils ne comportent pas d'ordinaire. Alors aussi, après avoir donné quelques-unes de ses plus belles ballades, Schiller écrivit la trilogie de *Wallenstein*. Dans ce drame immense, terminé en 1799, le poëte s'était proposé de faire dans le portrait d'un seul homme, le tableau de l'époque si tristement marquée par la guerre de Trente Ans ; et, pour atteindre son but, il avait choisi un des héros qui y jouèrent le rôle le plus brillant par leur génie et par la grandeur des événements auxquels ils avaient pris part. Mais ce que plus encore Schiller avait voulu montrer, au moment même où, sur la scène du monde, toute ambition semblait permise à quiconque savait oser, c'était le châtiment mérité d'un de ces hommes qui, dans l'infatuation de leur orgueil, se croyant un instrument de salut dans la main de la Providence, ne craignent pas de s'emparer du pouvoir, et qui, aveuglés par le succès, courent bientôt à leur ruine, trop heureux seulement quand ils n'entraînent pas dans une même chûte les peuples qu'ils ont séduits ou trompés.

Le drame de Wallenstein avait encore une autre portée : œuvre nationale, c'était comme le résumé poétique des études entreprises par Schiller sur l'histoire de sa patrie ; dans les pièces qui suivirent, *Marie Stuart, Jeanne d'Arc, la Fiancée de Messine*, au contraire, ce sont surtout les poëtes de l'antiquité qui l'ont inspiré et guidé. La *Fiancée de Messine* n'était-elle pas même une tentative pour transporter sur la scène moderne, non seulement les chœurs de la tragédie grecque, mais l'idée de la fatalité qui en formait le nœud ? *Marie Stuart* et *Jeanne d'Arc* nous offrent, il est vrai, des sujets plus actuels. Dans la première de ces pièces, Schiller nous représente la reine d'Ecosse au moment où, après une longue captivité, qui n'a pas toutefois diminué sa beauté fatale, elle se voit condamnée à mort, victime innocente de la jalousie d'Elisabeth, mais acceptant sa peine en expiation des fautes de sa jeunesse et transfigurée en quelque sorte par le repentir. Un motif tout différent fait l'intérêt de *Jeanne d'Arc* ; ici c'est l'amour de la patrie, confondu avec celui de son roi, qui anime cette sublime visionnaire et la pousse à s'armer pour chasser l'étranger, marchant inébranlable à l'accomplissement de la mission sainte qu'elle a reçue, tant que son cœur est resté insensible, mais perdant toute confiance en sa force, dès qu'elle s'est laissée toucher, jusqu'à ce qu'enfin, rappelée pour ainsi dire à elle par le péril des siens, elle repousse l'ennemi qui les menace et meurt ensevelie dans son triomphe.

L'amour de la patrie, voilà ce qui fait encore le sujet de la dernière pièce de Schiller, *Guillaume Tell* ; mais ce n'est pas la seule source d'inspiration qu'on y trouve. Dans ce drame, en effet, d'une grandeur vraiment épique et où es souvenirs de Rousseau et l'imitation de Shakspeare se mêlent et se confondent dans une harmonieuse unité, il semble que le poëte idéaliste a voulu réunir tout ce qui avait fait l'admiration de sa vie entière. Mais *Guillaume Tell* a une autre signification : écrite en 1805, au lendemain du jour où le soldat couronné qui faisait alors les destins de l'Europe venait de ceindre son front du bandeau des rois, cette pièce était dans la pensée du poëte, il l'a déclaré lui-même, une protestation en faveur des droits imprescriptibles de l'indépendance des peuples et de leur souveraineté confisquée. Ainsi à la fin de sa carrière Schiller retrouvait les accents et l'inspiration de sa jeunesse ; ce qui l'animait, c'était comme alors l'amour de la liberté, mais un amour épuré par le temps et exempt de la fougue révolutionnaire de ses premières années. Aussi est-ce avec raison qu'on a, de l'autre côté du Rhin, donné à cet interprète des sentiments généreux qui font l'honneur et la gloire du cœur de l'homme le nom enviable entre tous de poëte de la liberté.

Guillaume Tell fut comme le chant du cygne de Schiller : l'année où cette pièce parut n'était pas encore terminée qu'il mourait à la fleur de l'âge et dans toute la force de son talent. Avec lui le grand siècle littéraire de l'Allemagne prenait fin, et on eût dit que Goethe le comprit, lorsqu'après avoir essayé en vain de terminer le *Démétrius* inachevé de son ami, il s'empressa de publier la première partie du *Faust*, commencée trente ans auparavant. Une autre époque allait s'ouvrir, moins riche en chefs-d'œuvre et en écrivains remarquables, mais non moins importante pour le développement historique de l'Allemagne. Le temps de la régénération littéraire était passé, celui de la régénération politique approchait. Mais c'est-là un sujet qui sort du ca-

dre que je me suis tracé et dont je dois dès lors m'inter-
dire de parler aujourd'hui. Celui que j'ai à traiter d'ailleurs
est déjà assez étendu pour que ce soit un devoir de m'y
renfermer : embrassant l'histoire d'une des littératures les
plus fécondes à l'époque même où elle atteint à son plus
haut degré de perfection, s'il mérite de fixer l'attention, il
peut aussi suffire à lui seul pour nous occuper plusieurs
années. Mais je ne dois pas oublier de le rappeler avant de
finir ; ce n'est point uniquement l'histoire des écrivains et
des chefs-d'œuvre les plus célèbres de l'Allemagne pendant
son grand siècle littéraire que je me propose de refaire ici,
ce que je m'attacherai encore et surtout à rechercher et à
mettre en lumière, ce sont les influences nombreuses et
encore trop peu connues ou négligées qui ont alors présidé
au développement de la littérature d'outre-Rhin, jusqu'au
jour où, après avoir été si longtemps l'imitatrice de l'étranger, elle devait servir à son tour de modèle aux nations voi-
sines.

Trois grands peuples surtout ont été dans les temps
modernes les représentants de la civilisation européenne :
l'Angleterre, la France et l'Allemagne ; vous savez, Messieurs, avec quelle hauteur de vues, quelle nouveauté d'a-
perçus le maître et le fondateur véritable de la critique en
France, M. Villemain, a retracé, dans un ouvrage qui restera comme un modèle de goût et de style, les destinées
littéraires des deux premiers de ces pays, mais comment
aussi, par un oubli volontaire et à jamais regrettable, il a
laissé de côté le dernier, se mettant ainsi en quelque sorte
lui-même dans l'impossibilité de donner une conclusion à
son livre, puisque le mouvement poétique commencé en
Angleterre et en France au dix-huitième siècle a trouvé en
Allemagne seulement sa forme définitive. C'est cette lacune,
laissée par le célèbre critique dans l'histoire littéraire de

cette grande époque, que je voudrais — ambition peut-être bien haute, mais que vous excuserez, je l'espère, — combler aujourd'hui ; c'est le tableau au point de vue poétique des rapports féconds de la France et de l'Angleterre avec l'Allemagne et de l'influence des deux premières sur la dernière que je veux retracer devant vous ; sujet aussi vaste que nouveau et auquel, je le crois, l'intérêt ne manque pas, mais dont je ne puis non plus me dissimuler les difficultés. Qu'il me soit permis aussi, Messieurs, en terminant, d'espérer que votre bienveillance ne me fera pas défaut dans cette tâche ardue, qu'elle peut seule m'aider à mener à bonne fin.